CATALOGUE

DE

DESSINS

DE L'ÉCOLE

FRANÇAISE DU XVIIIe SIÈCLE

ET DES ÉCOLES

**Italienne, Flamande, Hollandaise
Allemande et Anglaise**

PROVENANT DE LA COLLECTION DE M. JEAN G.

DONT LA VENTE AUX ENCHÈRES AURA LIEU

HOTEL DROUOT, SALLE N° 3

Les Lundi 20, Mardi 21 et Mercredi 22 Janvier 1873,

A UNE HEURE ET DEMIE

Par le ministère de Me CHARLES PILLET, Commissaire-Priseur
10, rue de la Grange-Batelière.

Assisté de M. FÉRAL, peintre-expert, rue Buffault, 53,

Chez lesquels se trouve le présent Catalogue.

EXPOSITION PUBLIQUE : le Dimanche 19 Janvier 1873

DE UNE HEURE A CINQ HEURES

CONDITIONS DE LA VENTE.

Elle sera faite au comptant

Les adjudicataires payeront *cinq pour cent* en sus des enchères.

ORDRE DES VACATIONS

Paris. — Typ. FILLET fils aîné, rue des Gr.-Augustins, 5.

Vente des Lundi 20, Mardi 21 et Mercredi 22 Janvier 1873.

CATALOGUE

DE

DESSINS

Provenant de la Collection de M. Jean G.

EXPOSITION PUBLIQUE : Le Dimanche 19 Janvier 1873

De une heure à cinq heures.

Me CHARLES PILLET,
COMMISSAIRE-PRISEUR
10, rue de la Grange-Batelière.

M. FÉRAL,
PEINTRE-EXPERT
rue de Buffault, 23.

DÉSIGNATION

ÉCOLE FRANÇAISE

BERTIN (VICTOR)

1 — Paysage avec chemin sinueux et constructions.
   Mine de plomb.

2 — Un arbre et des rochers.
   Étude. — Mine de plomb.

BOILLY (LOUIS)

3 — Le jour de la Fête-Dieu.
   Estompe et crayon blanc.

4 — Une femme et un homme buvant.
   Crayon noir.

BOISSIEU (JEAN-JACQUES DE)

5 — Portrait de l'artiste.
   Au trait à la plume, ombré légèrement par des hachures.
   — Gravé par lui-même.

BOISSIEU (JEAN-JACQUES DE)

6 — **Buveurs assis.**

    Aquarelle de forme ronde.

7 — **Tête de vieillard.**

    Signé : D. B 1772. — Mine de plomb d'une extrême finesse.

8 — **Deux têtes d'hommes.**

    Deux dessins plume et mine de plomb. — Vente Kaieman.

9 — **Un chais.**

    Beau dessin à la sépia, signé D. B. 1761.

10 — **Paysage avec rochers et chute d'eau. (Gravé.)**

    Beau dessin à l'encre de Chine, signé D. B.

11 — **Anesse et ânon.**

    Encre de Chine. — Gravé par l'artiste.

12 — **Cabane en planches.**

    Encre de Chine.

13 — **Paysage montueux et boisé.**

    Sépia et encre de Chine.

14 — **Paysage avec laveuses.**

    Encre de Chine.

15 — **Paysages.**

    Deux dessins sur la même feuille. — Encre de Chine.

16 — **Trois têtes d'hommes.**

    Croquis mine de plomb. — Signé : D. B. 1796.

17 — **Jeune mère et ses enfants. Tête de vieillard.**

    Deux dessins à l'encre de Chine sur la même feuille.

BOISSIEU (JEAN-JACQUES DE)

18 — Étude d'arbre.
A la plume.

19 — Paysage avec chaumières et chèvres.
Au trait, mine de plomb.

20 — Paysage avec bergers et leurs troupeaux.
Signé : D. B. 1791. — Plume et encre de Chine.

BOURGUIGNON (JACQUES COURTOIS, dit le)

21 — Batailles.
Trois dessins plume et encre de Chine.

BOUCHER (FRANÇOIS)

22 — Hercule étouffant le géant Antée. (Gravé.)
Modèle pour une fontaine. — Crayon noir.

23 — Un triton et trois amours assis sur des dauphins.
(Gravé.)
Modèle pour une fontaine. — Mine de plomb.

24 — Des Turcs qui viennent se plaindre au cadi.
(Gravé.)
Dessin fait par l'artiste pour l'illustration d'un ouvrage
in-4°. — Mine de plomb.

25 — La Nativité. (Gravé.)
Crayon noir.

BOUCHER (FRANÇOIS)

26 — Paysage avec pêcheur.
> Crayon noir rehaussé de blanc sur papier bleu.

27 — Jeune femme nue, vue de dos.
> Sanguine rehaussée de blanc sur papier jaunâtre.

28 — Jeune femme nue, accroupie.
> Sanguine rehaussée de blanc sur papier jaunâtre.

29 — La Visitation de la Vierge. (Dessin gravé.)
> Sanguine.

30 — Amours sur des nuages. (Deux dessins sur la même feuille.)
> Crayon noir rehaussé de blanc.

31 — Étude d'homme de profil, les mains jointes. (Étude pour une Nativité.)
> Crayon noir et pastel.

32 — Une tête de bélier. Étude de mains et tête d'homme.
> Deux dessins sur la même feuille.

33 — Têtes d'anges. (Étude et croquis, trois dessins.)
> Crayon noir, sanguine et mine de plomb.

BOUCHARDON

34 — Une exécution.
> Sanguine. — Provient de la collection Denon, gravé par Muret.

BOUCHARDON

35 — Un guerrier tenant une lance et un bouclier orné de trois fleurs de lys.

Sanguine. — Modèle pour un sceau.

36 — La Marchande d'amours.

Sanguine.

37 — Deux renommées tenant une feuille déroulée.

Sanguine.

38 — Des anges.

Sanguine. — Dessin pour un bas-relief portant l'estampille de Mariette.

39 — Léda et Jupiter.

Sanguine.

40 — Triton.

Sanguine.

BOURDON (SÉBASTIEN)

41 — La Fuite en Égypte.

Mine de plomb et sépia.

BRIENNE (A.)

42 — Branche de fleurs.

Aquarelle signée Brienne. 1846.

CALLOT (JACQUES)

43 — Cavaliers en marche, entrée de l'ambassade polonaise à Paris.

CALLOT (JACQUES)

44 — Vue du Capitole.
>Plume.

45 — Maisons d'anachorètes sur des rochers; fontaine et rochers.
>Deux dessins à la plume.

46 — Citadelle, porte de ville et forteresse.
>Trois dessins à la plume.

47 — Forteresse entourée d'eau, et paysage avec maisons.
>Deux dessins à la plume.

48 — Paysage, constructions avec tourelles.
>Deux dessins à la plum'.

49 — Trois mendiants.
>Plume.

50 — Vieille femme demandant l'aumône.
>Plume.

51 — Bataille près d'une forteresse.
>Croquis à la plume.

CARMONTEL

52 — Marguerite Le Comte, la meunière du Moulin Joli (Buste de profil.)
>Mine de plomb et aquarelle.

53 — Diderot, en buste de profil; Charles de Lameth, par Cochin.
>Deux dessins, mine de plomb et encre de Chine.

54 — Madame de Grafigny. (Tête de profil.)
>Crayon noir.

CHARDIN (SIMÉON)

55 — Une mère montrant à lire à sa petite fille.
>Beau dessin, estompe et crayon noir rehaussés de blanc.

56 — Portrait de jeune garçon.
>Ravissant petit dessin, crayon noir et sanguine.

57 — Jeune Paysanne debout, le bras droit appuyé sur une table.
>Signé : Chardin, 1750. — Mine de plomb.

58 — Paysan tenant un panier.
>Crayon noir rehaussé de blanc.

CHARLET (NICOLAS-TOUSSAINT)

59 — Napoléon Ier présidant le conseil d'État.
>Très-joli dessin à la mine de plomb d'une extrême finesse.

60 — Un artiste devant son chevalet, un sapeur et un prêtre endormi.
>Trois dessins à la plume.

CLAUDE LORRAIN (GELLÉE dit)

61 — Paysage ; sur le devant, une rivière où des bergers font boire leur troupeau ; au centre, les restes d'un temple ; dans le fond, le Colisée.
>Un des plus beaux et des plus importants dessins du maître ; plume et sépia.

62 — Paysage avec cours d'eau et pont ; au second plan, sur le devant, un berger chasse devant lui un troupeau de moutons.
>Plume et sépia. — Collection Diaz

CLERISSEAU

63 — Porte et constructions en ruines.
Aquarelle.

COCHIN (CHARLES-NICOLAS)

64 — Charles-Pierre Coustou, architecte du roi, et Guillaume Coustou, sculpteur. — Têtes de profil.
Deux dessins au crayon noir.

65 — Portrait d'homme de profil.
Crayon noir et sanguine.

66 — C.-H. de Fusée de Voisenon. — Tête de profil, médaillon.
Crayon noir.

67 — P.-M. Maloët, conseiller d'État, docteur régent de la Faculté de médecine. — Tête de profil, médaillon.
A l'encre de Chine.

68 — La Pentecôte. — Le Saint-Esprit descend en langue de feu sur les apôtres.
Beau dessin à la sanguine.

69 — Quatre dessins pour l'iconologie. — L'Obéissance et la Révolte, la Magnificence et l'Épargne.
Deux dessins à la sanguine.

70 — La Sincérité et la Tromperie, la Tempérance et l'Intempérance.
Deux dessins, crayon noir.

71 — Le Bon Vieillard. — Composition allégorique représentant Cérès couronnant Voltaire.
Sanguine. — Sur la même feuille, un dessin (sanguine), par Leclerc.

COCHIN (le fils)

72 — Vénus et Adonis.

Crayon noir.

COUSIN (JEAN)

73 — Le vainqueur porté en triomphe sur un char. — Composition allégorique.

Plume et encre de Chine.

74 — Épisode du jugement dernier.

Sépia.

75 — Job sur son fumier.

Plume et sépia.

COYPEL (ANTOINE)

76 — L'Adoration des bergers.

Aquarelle.

DAGUERRE (LOUIS-JACQUES MANDÉ)

77 — Vieilles maisons dans les Pyrénées.

Estompe rehaussée de blanc.

DAUZATS

78 — Porte voûtée.

Aquarelle signée Dauzat, 1830.

DAVID (JACQUES-LOUIS)

79 — Jeune femme se promenant dans la campagne ; elle est accompagnée par une paysanne qui porte un enfant dans ses bras.

> Crayon noir.

DELLA BELLA (STEPHANO)

80 — Deux personnages vus de dos. — Un homme debout dans un paysage.

> Deux dessins à la plume sur la même feuille.

81 — Vue du Campo Vaccino. — Bâtiments avec fortifications.

> Deux dessins à la plume sur la même feuille.

82 — Paysages avec maisons, clochers et tourelles.

> Trois dessins à la plume sur la même feuille.

83 — Place d'un village avec puits et personnages. — Paysage et animaux.

> Deux dessins à la plume sur la même feuille.

84 — Armée en marche.

> Plume.

DELERIVE (ANTOINE) ·

85 — Vieillard assis devant un pupitre.

> Plume et sépia. Signé : Delerive, 1777.

DE MARNE (JEAN-LOUIS)

86 — Paysage coupé par un cours d'eau ; à droite, un chemin sur un monticule de rocher et quelques constructions en ruine.

> Très-beau dessin à l'encre de Chine.

87 — Étude d'arbres sur le bord d'une rivière.

> Beau dessin à l'encre de Chine.

88 — Rochers couverts d'arbres et constructions.

> A l'encre de Chine.

89 — Grande route avec moulin.

> Aquarelle.

> Bergers et animaux.

> Encre de Chine.

90 — Paysage avec ruines et animaux.

> Plume et encre de Chine. — Trois dessins sur la même feuille.

DESFRICHES

91 — Paysage avec chemin sinueux.

> A la pierre noire.

92 — Paysage avec moulin et animaux.

> Signé : Desfriches. — Encre de Chine.

93 — Un moulin, une allée d'arbres.

> Deux dessins à la pierre noire.

DESPORTES (FRANÇOIS)

94 — Gibier suspendu à un arbre et gardé par deux chiens.

> Signé : Desportes. — Mine de plomb.

DUMOUSTIER (DANIEL)

95 — Jacques Amiot, buste de profil à droite.
Crayon noir et de couleur, la figure légèrement colo-rée.

96 — Jeune homme en buste.
Crayon de couleur.

DÉVERIA

97 — La Réconciliation.
Sépia.

DOYEN

98 — Le Christ à la colonne.
Sépia. — Signé : D. F. 1756.

99 — Tête de jeune femme, de profil. L'Andromaque.
Crayon noir et pastel. — Signé : Doyen.

100 — Un baptême.
Esquisse à l'huile.

101 — La Circoncision.
Plume et encre de Chine.

102 — Deux croquis sur la même feuille.
Plume et sépia.

EISEN (CHARLES)

103 — Six dessins d'une extrême finesse pour l'édition des fermiers généraux.
Signés : Ch. Eisen, 1755. — Mine de plomb sur vélin.

EISEN (CHARLES)

104 — Villageois en voyage. — Joli dessin de la plus grande finesse.
>Mine de plomb.

105 — Le Temps conduisant un homme à l'immortalité.
>Mine de plomb lavé à l'encre de Chine sur vélin.

106 — Composition allégorique.
>Croquis, mine de plomb.

FRAGONARD (JEAN-HONORÉ)

107 — Le départ d'un général romain.
>Beau dessin à la sépia. — Signé : FRAGO, 1769.

108 — Une résurrection.
>Beau dessin à la sépia. — Signé : FRAGO, 1771.

109 — Une éclosion d'amours.
>Beau dessin à la sépia dans la manière italienne.

110 — Villa avec terrasses et statues.
>Sépia. — Signée : FRAGONARD, de ses plus beaux dessins.

111 — Paysage avec bergers et moutons au repos.
>Sépia.

112 — Parc avec bosquets, terrasses et chutes d'eau.
>Beau dessin à la sanguine d'une extrême finesse.

113 — Villa avec terrasses, statues et fontaine au centre.
>Sanguine.

114 — La mise au tombeau.
>Beau dessin à la sanguine, d'après Augustin Carrache.

115 — Jeune femme assise.
>Sanguine.

FRAGONARD (JEAN-HONORÉ)

116 — La villa Pamphili.
Sanguine.

117 — Un homme et une femme en partie cachés derrière un monticule.
Sépia.

118 — La Sainte Famille.
Sanguine d'après le Guerchin.

119 — Villageois groupés autour d'un feu.
Sépia.

120 — Un saint en prière.
Sépia.

121 — Le chien Cerbère.
Sanguine.

122 — Souterrain avec personnage.
Crayon noir rehaussé de blanc.

123 — Diogène et l'envoyé d'Alexandre.
Sépia, avec quatre lignes de son écriture.

124 — Un homme couché.
Belle étude académique à la sépia.

125 — Paysage avec rochers, animaux et personnages.
Sépia.

126 — Paysage avec figures.
Croquis à la mine de plomb.

127 — Tête d'homme d'après Rubens.
Pastel.

GÉRARD (le baron FRANÇOIS)

128 — Portrait de femme coiffée d'un turban.
Mine de plomb. — Signé : F. GÉRARD.

GERARD (le baron FRANÇOIS)

129 — Croquis pour un portrait de jeune femme, et deux têtes d'après l'antique.

> Trois dessins à la mine de plomb.

130 — L'Amour emporté sur un char.
> Encre de Chine, crayon noir et mine de plomb, rehaussée de blanc. Dessin gravé.

GÉRARD (Mlle MARGUERITE)

131 — Portrait d'homme de profil, portrait de l'abbé Morlet.

> Deux dessins. — Crayon noir.

GIRODET-TRIOSON (ANNE-LOUIS)

132 — Les sept Chefs devant Thèbes.
> Crayon noir.

133 — Vénus et l'Amour.
> Crayon noir.

134 — Un paysage à la plume. — Une figure allégorique.
> Mine de plomb.

GRANVILLE

135 — Dix dessins pour l'illustration de Gulliver.
> Plume et mine de plomb.

GRANET (FRANÇOIS-MARIUS)

136 — Communion donnée à des jeunes filles chrétiennes dans les catacombes de Rome.

> Signé : GRANET, 1820. — Superbe aquarelle. C'est incontestablement la plus belle et la plus importante de l'artiste; elle provient de la collection Demidoff.

GRANET (FRANÇOIS-MARIUS)

137 — L'escalier d'un couvent.
>Aquarelle signée Granet.

138 — Intérieur d'un cloître.
>Sépia.

GRAVELOT (HUBERT)

139 — Composition allégorique : l'ignorance détruisant le travail de l'esprit.
>Beau dessin. — Encre de Chine.

140 — Trois dessins pour illustrer une édition de Shakespeare.
>Plume et sépia.

141 — Deux charmants petits dessins pour un ouvrage du temps.
>Plume et sépia. — Signés : H. GRAVELOT inven.

142 — Un camp. — Un jeune prince armé chevalier fait ses adieux à son père.
>Plume et encre de Chine.

143 — Nombreux personnages groupés et différemment posés.
>Deux dessins de l'exécution la plus spirituelle. — Plume et encre de Chine.

GREUZE (JEAN-BAPTISTE)

144 — Jeune fille en buste, que l'on croit être Charlotte Corday.
>Beau dessin à l'estompe et crayon rehaussé de blanc.

145 — Madeleine, figure nue et en pied.
>Très-beau dessin à la sanguine.

GREUZE (JEAN-BAPTISTE)

146 — Jeune femme nue et assise.
> Beau dessin à la sanguine.

147 — Job. Il est assis, les yeux levés vers le ciel.
> Très-beau dessin à la sanguine. — Provient de la succession de Mlle Caroline Greuze Janvier 1843.

148 — Le fils puni. — Étude pour le tableau du Louvre.
> Beau dessin à la sanguine.

149 — La mère du fils puni. — Étude pour le tableau du Louvre.
> Beau dessin à la sanguine.

150 — Le retour. — Intérieur.
> Estompe et crayon noir.

151 — Un moine de profil, en buste.
> Beau dessin à la sanguine.

152 — Tête d'homme.
> Sanguine.

153 — Chien. — Étude.
> Le trait à la sanguine ombré à l'estompe.

154 — Tête de femme.
> Sanguine.

155 — Deux petits faunes.
> Sanguine.

156 — Une tête de mort, plus trois dessins.
> Sanguine.

GROS (ANTOINE-JEAN baron,

157 — Le roi Louis XVIII donnant la charte constitutionnelle.
> Beau dessin à la sépia.

GROS (ANTOINE-JEAN baron)

158 — Hercule et Diomède.
Dessin du dernier tableau de ce maître. — Mine de plomb.

159 — Achille et le fleuve Scamandre.
Plume et sépia.

GUÉRIN (PIERRE)

160 — Portrait de femme.
Mine de plomb sur peau vélin.

HUET (JEAN-BAPTISTE)

161 — Perdrix suspendue par la patte.
Aquarelle signée J.-B. HUET, 1766.

162 — Mouton et brebis.
Sanguine.

JACQUES (CHARLES)

163 — Un homme semant du grain.
Crayon noir rehaussé de blanc.

164 — Femme nue couchée.
Mine de plomb.

JANET CLOUET

165 — Jeune femme, buste de profil à gauche.
Crayon noir légèrement coloré.

JEAURAT (ÉTIENNE)

166 — Artiste dessinant.
Crayon noir rehaussé de blanc.

JOLLIVET

167 — Projet d'une peinture pour le fond du maître-autel
de l'église Saint-Ambroise.
Mine de plomb. — Signé : JOLLIVET.

JOUVENET (JEAN)

168 — Le Christ en croix et les saintes femmes.
Plume et sépia.

LAFAGE (RAYMOND)

169 — Nymphes et faunes.
Deux dessins, plume et encre de Chine, gravés par
Audran.

170 — L'Adoration des bergers.
Plume.

171 — Guerriers au combat.
Plume.

172 — Le Jugement de Salomon.
Au verso le même sujet. — Plume et sépia.

LAFOSSE (CHARLES de)

173 — Moine en prière.
Sanguine rehaussée de blanc.

LALLEMAND (JEAN-BAPTISTE)

174 — Intérieur d'un palais.
Monument en ruine.
Deux dessins. — Plume et sépia.

LANCRET (NICOLAS)

175 — Jeune Femme assise, elle tient un éventail et porte une robe ample et largement drapée.

> Beau dessin à la sanguine.

176 — Une Paysanne assise sur le sol.

> Crayon noir rehaussé de blanc.

177 — Un Homme debout, le bras gauche appuyé sur un socle.

> Crayon noir.

LANTARA

178 — L'Orage. — A gauche, des rochers; au centre, un arbre brisé par la foudre; à droite, des maisons au pied d'une colline.

> Superbe dessin de l'artiste. — Signé : LANTARA, 1757.

179 — L'Orage. — Au centre, des rochers surmontés de tours fortifiées au pied desquels coule une rivière.

> Dessin d'une extrême finesse. — Crayon noir rehaussé de blanc sur papier gris.

180 — Clair de lune. — Une Rivière; à droite, quelques rochers surmontés de constructions; à gauche, quelques arbres.

> Dessin d'une extrême finesse. — Crayon noir rehaussé de blanc sur papier gris.

181 — Paysage. — Un Chemin sinueux; sur le devant, un arbre renversé; au second plan, un cours d'eau à l'entrée d'un bois.

> Dessin d'une grande finesse. — Crayon noir. Signé : LANTARA.

182 — Rochers baignant dans un cours d'eau. Effet de clair de lune.

> Crayon noir.

LARGILLIÈRE (NICOLAS de)

183 — Portrait de l'artiste.
Estompe et crayon noir rehaussés de blanc.

LATOUR (MAURICE-QUENTIN de)

184 — Portrait d'homme assis; il tient une tabatière dans
laquelle il a pris du tabac.
Estompe, crayon noir et blanc.

185 — Tête de Femme âgée.
Beau dessin au crayon noir, rehaussé de b'anc sur papier bleu.

LAVALLÉE-POUSSIN (ÉTIENNE)

186 — Paysage avec pont et personnages.
Crayon noir

187 — Paysage avec figures et temple au fond.
Crayon noir.

188 — Bacchus traîné sur un char par deux tigres.
Sanguine, rehaussée de blanc sur papier de couleur.

189 — Une Bacchante et un enfant.
Sépia.

LEBEL (ANTOINE)

190 — Jeune Femme assise dans un intérieur.
Signé : Antoine LEBEL, 1744. — Crayon noir et pastel.

LE BRUN (Mme Vigée)

191 — Une Mère et ses deux enfants.

LE BRUN (CHARLES)

192 — Madeleine en prière.
   Estompe et crayon noir.

LE PRINCE (JEAN-BAPTISTE)

193 — Un homme et une femme pinçant de la mandoline.
   Encre de Chine.

194 — Paysage avec cours d'eau ; au centre, un berger conduit un troupeau de vaches et de moutons.
   Beau dessin au crayon noir, rehaussé de blanc sur papier gris.

195 — Paysages avec rivière, moulin et constructions en ruine.
   Trois dessins d'une extrême finesse.
   Signés : LE PRINCE, 1745. — Sépia et encre de Chine.

196 — Paysage avec cours d'eau et villageois.
   Estompe et crayon noir.

LIOTARD

197 — La Danseuse turque.
   Contre-épreuve d'un dessin probablement perdu, qui est un chef-d'œuvre de finesse et de pureté. Au bas se trouve une dédicace de l'artiste indiquant qu'il l'envoie à une personne, comme témoignage de l'estime et du cas qu'il fait de son talent.
   Sanguine et crayon noir.

LE NAIN (LES FRÈRES)

198 — Vieillard assis, tenant un bâton et son chapeau sur ses genoux, demandant l'aumône.
   Beau dessin à l'estompe et au crayon noir, rehaussé de blanc.

MICHEL

199 — Paysage; à gauche, un monticule de terre, couvert
par un champ de blé, au pied duquel se trouve une
allée d'arbres.
> Beau dessin, plume et aquarelle; au verso, se trouve un
> autre beau dessin.

MOREAU (LOUIS)

200 — Paysage avec constructions en ruine.
> Aquarelle.

201 — Paysage. — Marine. — Effet d'orage.
> Gouache sur vélin.

202 — Petit paysage avec constructions en ruine.
> Gouache sur vélin.

203 — Petit paysage avec terrasses, rochers et cascades.
> Gouache sur vélin.

204 — Parc avec vases et escaliers.
> Gouache sur velin.

205 — Le Parc de Saint-Cloud.
> Gouache.

NANTEUIL

206 — Portrait d'homme.
> Crayon noir.

207 — Tête d'homme.
> Sanguine. (Vente Desperret.)

NATTIER (JEAN-MARC)

208 — Cinq portraits. Etudes d'après nature où l'artiste a

mis le nom de chacun des personnages : Mme de Bernage, M. de Podenas, M. Thorin, M. Raymon, M. de Salverte, lieutenant des gardes du Roi.
Jolis dessins à la sanguine.

NATOIRE (CHARLES-JOSEPH)

209 — Diane et un amour.
Sanguine, signée : C. N.

210 — Une Baigneuse accroupie.
Sanguine, signée : C. N.

211 — Réunion de prélats pour un concile.
Sanguine.

212 — Une Sainte recevant les sacrements de l'Eglise.
Aquarelle.

213 — Des Anges.
Croquis à la sanguine rehaussée de blanc.

NICOLE (V.-J.)

214 — Saint-Grégoire-du-Mont à Rome.
Plume et sépia.

215 — Bains antiques.
Aquarelle.

216 — Monument antique avec voûte, sous laquelle se trouve une image de la Vierge.
Aquarelle.

217 — Vues d'Italie.
Trois dessins. — Plume et sépia.

218 — Paysages, palais et fontaines.
Huit dessins. — Aquarelles.

OUDRY (JEAN-BAPTISTE)

219 — Chien et chats.
Beau dessin. — Crayon et pastel.

220 — Chiens.
Crayon et pastel.

221 — Tigre, éléphant, oiseaux de proie et oiseaux de basse-cour.
Dix-neuf dessins. — Crayon noir rehaussé de blanc.

PERCIER

222 — Bains antiques.
Plume et sépia.

223 — Intérieur d'un palais.
Aquarelle.

PERELLE

224 — Paysage avec ruines.
Plume et encre de Chine.

POUSSIN (NICOLAS)

225 — Paysage avec rivière traversée par un pont, dans le fond des rochers.
Plume et sépia.

PUGET (PIERRE)

226 — Figures et ornements pour une chaire à prêcher.
Plume et encre de Chine sur fond teinté en rouge.

227 — Deux anges soutenant un écusson.
Plume et encre de Chine sur papier rouge.

RÉGNAULT (Le baron JEAN-BAPTISTE)

228 — Portrait de Gessner.
    Crayon noir rehaussé de blanc.

RESTOUT

229 — Mascaron pour une fontaine, formé d'une tête
    d'homme, couronné de fruits.
    Sanguine. — Signé : RESTOUT.

RIGAUD (HYACINTHE)

230 — Portrait d'homme, vu jusqu'aux genoux, il retient
    avec sa main droite un ample manteau de velours, et
    a la main gauche posée sur un livre.
    Très-beau dessin, crayon noir rehaussé de blanc.

ROBERT (HUBERT)

231 — Les Cascades de Tivoli.
    Sanguine.

232 — Intérieur de temple antique servant de chais ; au
    centre et autour, des statues.
    Crayon noir et sanguine.

233 — Paysage avec chute d'eau et monuments, vue des
    environs de Rome.
    Signé : ROBERT, 1765, Roma. — Sanguine.

234 — Vue du port de Ripetta à Rome.
    Dessin pour le tableau du Louvre, que l'artiste a peint
    pour sa réception à l'Académie. — Sanguine.

235 — Cour de maison en Normandie.
    Signé : ROBERT, 1771. — Aquarelle.

ROBERT (HUBERT)

236 — Intérieur de Palais avec tombeau, statues, personnages.
Plume et sépia. — Signé: ROBERT.

237 — Fragments de monuments en ruine avec figures.
Aquarelle.

238 — Obélisque et Femmes à une fontaine.
Aquarelle.

239 — Cour de ferme.
Sanguine.

240 — Pont en ruine, bateau et personnages.
Aquarelle.

241 — Étude de plantes.
Sanguine.

242 — Monuments avec jardins et terrasses. (Deux pendants) forme ronde.
Aquarelles.

243 — Fontaine avec Laveuses.
Aquarelle.

244 — Arc de Triomphe et Maisons.
Croquis à la sanguine.

245 — Pêcheurs dansant sur les bords de la mer.
Signé : ROBERT, 1761. — Mine de plomb.

246 — Palais circulaire avec Fontaine.
Mine de plomb.

247 — Intérieur d'un Temple avec de nombreuses figures.
Signé : ROBERT, 1766. — Sanguine.

248 — Paysage avec montagnes et constructions; à gauche
une fontaine, où un cavalier fait boire son cheval.
A l'encre de Chine sur papier bleu rehaussé de blanc.

ROBERT (HUBERT)

249 — Cabanes couvertes de chaume : personnages.
Signé : ROBERT. — Sanguine.

250 — Un four en ruine.
Signé : ROBERT, 1773. — A la pierre noire.

251 — Des Femmes puisant de l'eau ; près d'elles une marchande de poissons.
Deux pièces-aquarelles.

252 — Monument en ruine servant de grange.
Sépia.

253 — Intérieur d'un Palais.
Sanguine.

254 — Fontaine avec escaliers et terrasses.
Aquarelle.

255 — Grand escalier au pied duquel plusieurs personnages sont groupés.
Aquarelle.

256 — Un Homme assis, dessinant.
Sanguine.

257 — Paysage avec Laveuses.
Mine de plomb.

SAINT-AUBIN (GABRIELLE DE)

258 — Jeune Femme occupée à faire de la tapisserie. — Effet de lumière.
Beau dessin, crayon noir et aquarelle.

259 — Portrait d'Homme vu à mi-corps, tourné vers la droite, cheveux poudrés, habit couleur feuille morte.
Très-beau dessin d'une remarquable finesse d'exécution. — Crayon et aquarelle.

SAINT-AUBIN (GABRIELLE DE)

260 — Une exécution.

> Dessin d'une extrême finesse. Signé : GABRIEL DE SAINT-AUB N. — Crayon, plume et encre de Chine.

261 — La naissance du duc de Bourgogne. — Mesmer expliquant les vertus de sa cuve magnétique.

> Deux dessins à la plume.

262 — Combat dans l'intérieur d'un palais.

> A la plume.

263 — Jeune Femme occupée à coudre.

> Mine de plomb. (Vente Pérignon.)

264 — Tête de jeune Garçon.

> Crayon noir et sanguine, rehaussés de blanc.

265 — Jeune Garçon tenant un oiseau sur son doigt.

> Crayon noir rehaussé de blanc.

266 — Paysage avec pont de bois et Pêcheur

> Sur vélin, mine de plomb, d'après Rubens.

SAINT-AUBIN (AUGUSTE DE)

267 — Portrait de jeune Femme, de profil, les cheveux blonds bouclés, serrés par un ruban bleu.

> Signé : Aug. DE SAINT-AUBIN. — Mine de plomb et aquarelle.

268 — Portrait de Rameau, de profil, tourné à droite.

> Médaillon signé ; Aug. DE SAINT-AUBIN. — Sanguine.

SARAZIN

269 — Vue du pont de Ney.

> Encre de Chine.

SYLVESTRE (ISRAEL)

270 — Portrait de l'artiste. (Vente Desperret).
A la sanguine.

SUBLEYRAS (PIERRE)

271 — Vision d'un Saint.
Plume et sépia.

SWEBACH

272 — Chevaux et Cavaliers.
Deux croquis. — Mine de plomb.

THIENON

273 — Le Temple de Pestum.
Encre de Chine.

TRINQUESSE (J.)

274 — Jeunes Femmes assises.
Trois dessins, estompe et crayon noir rehaussés de blanc.

275 — Portrait de jeune Femme.
Mine de plomb.

VAN LOO (CARLE)

276 — Tête d'Homme à barbe.
Crayon noir rehaussé de blanc.

277 — Portrait d'homme, vu à mi-corps, il porte une cuirasse et tient le bâton de commandement.
Pastel.

VERNET (JOSEPH)

278 — Le Naufrage.
Crayon noir.

279 — La Tempête.
Estompe rehaussée de blanc.

280 — Plage avec Pêcheurs.
Mine de plomb.

281 — Un Navire.
Plume et encre de Chine. (Étude.)

282 — Intérieur de cellier.
Plume et encre de Chine. (Étude.)

283 — Pêcheurs groupés ou différemment posés.
Croquis plume et sépia. — Cinq dessins sur trois
feuilles.)

VERNET (CARLE)

284 — Siége de Mantoue sous la première république.
Sépia.

285 — Mamelouk et son cheval.
Encre de Chine.

286 — Chasseur assis dans un paysage (M. de Sommariva).
Mine de plomb et encre de Chine.

VIEN (JOSEPH)

287 — Sujet mythologique.
Plume et encre de Chine.

288 — Jeune Femme et Enfants portant des fleurs sur
l'autel de l'Amour.
Plume et sépia.

VIEN (JOSEPH)

289 — L'Aurore.

Crayon noir et sanguine rehaussés de blanc.

WATELET

290 — Vue du port de Caudan, près la chaîne qui ferme le port de Lorient.

Mine de plomb.

WATTEAU (ANTOINE)

291 — Trois jeunes Femmes debout, différemment posées.

Délicieux dessin à la sanguine de l'exécution la plus fine.

292 — Tête d'homme coiffé d'un tricorne.

Etude pour un des personnages de l'embarquement pour Cythère. — Beau dessin à la sanguine et au crayon noir rehaussés de blanc.

293 — Deux Soldats, l'un étendu sur le sol, l'autre un genou à terre.

Joli dessin à la sanguine.

294 — Tête de vieillard à barbe.

Joli dessin à la sanguine.

295 — Paysage avec pont et constructions.

Sanguine.

296 — Deux Hommes et une main.

Croquis à la sanguine.

297 — Deux jeunes Femmes en buste.

Crayon noir.

298 — Coquillages.

Deux dessins, études terminées du maître. — Crayon noir et sanguine.

ÉCOLES

ITALIENNES, FLAMANDES, HOLLANDAISE
ALLEMANDES
ESPAGNOLE ET ANGLAISE

ABBATE (NICOLAS DELL')

299 — La Vierge et l'enfant Jésus adorés par plusieurs
saints personnages.
Plume et sépia rehaussées de blanc.

ALBANE (FRANÇOIS)

300 — Nymphes, faunes et amour.
Sanguine.

ALDEGRAVER (HENRI)

301 — Loth et sa famille sortant des portes de Sodome.
Mine de plomb.

BACKHUYSEN (LUDOLF)

302 — Combat naval.
Plume et sépia.

303 — Marines avec bateaux à voiles.
Deux dessins à la plume.

304 — Mer houleuse.
Plume et sépia.

BANDINELLI (BACCIO)

305 — Deux figures académiques.
Plume.

306 — Figures nues, hommes et enfants.
Plume.

BAROCHE

307 — Une sainte vue à mi-corps.
Plume.

308 — Tête de vieillard.
Pastel.

BÉGA (CORNEILLE)

309 — Une femme assise.
Sanguine.

BERCHEM (NICOLAS)

310 — Paysage avec rochers et rivière tombant en cascade ; au second plan un pont en bois sur lequel passe un homme chassant devant lui trois mulets.
Délicieux dessin de la plus grande finesse. — Crayon et encre de Chine. — Signé : BERCHEM, 1656.

BIBBIENA (GALLI dit)

311 — Intérieur d'un superbe palais, monuments et fontaines.
Deux dessins. — Plume et sépia.

312 — Intérieur d'un palais.
Plume et sépia.

BLIECK (DANIEL DE)

313 — Intérieur d'un palais avec statues.
Plume et encre de Chine.

BLOERMAERT (ABRAHAM)

314 — Le baptême du Christ.
Plume et sépia. — Gravé.

315 — L'hiver.
Plume et sépia. — Gravé.

BLOEMEN (JEAN-FRANÇOIS VAN)

316 — Berger et son troupeau.
Encre de Chine sur papier teinté.

BOL (FERDINAND)

317 — Le Sacrifice d'Abraham.
Plume et sépia.

318 — Le Christ porté au tombeau.
Beau dessin. — Plume et encre de Chine

319 — Le sacrifice d'Iphigénie.
Crayon et sépia. (Vente Desperret.)

BOLOGNESE (GRIMALDI, dit le)

320 — Paysage avec maisons et tour crénelée.
Plume.

BONNINGTON (RICHARD-PARKES)

321 — Paysage avec chaumières.
Aquarelle.

BORGH

322 — Portrait d'homme assis dans un fauteuil.
Plume. — Signé : Borgh, 1682.

BOTH (jean)

323 — Paysage avec rochers et constructions en ruine.
Encre de Chine.

324 — Paysage avec cours d'eau, pont et tourelle.
Plume et sépia.

BRAUWER (adrien)

325 — Un homme pelant un fruit.
Sanguine.

BREMBERG (bartholomé)

326 — Dromadaires.
Sépia et encre de Chine.

BREUGHEL (dit de velours)

327 — Paysage. — Sur le devant un chemin avec villageois.
Aquarelle.

BREUGHEL (pierre)

328 — Paysage avec rochers et ponts avec tours.
Deux dessins à la plume. — Signés : Breughel, 1568.

329 — Un homme jouant de la cornemuse.
Plume. — Signé : P. Breughel.

BREUGHEL (LE VIEUX)

330 — L'hiver.
Plume et encre de Chine.

331 — Les danseurs.
Miniature sur vélin.

332 — Paysage avec rochers ; à gauche, saint Gérôme.
Sépia.

BRIL (PAUL)

333 — Paysage avec rochers, ponts et cascades.
Plume et aquarelle.

BRONCKHORST

334 — Oiseaux dans un parc.
Plume et sépia.

CAMPAGNOLA (DOMINIQUE)

335 — Cavalier portant un étendard.
Plume.

CAMBIASO (LUCAS)

336 — Le martyre de Saint-Laurent.
Plume et sépia.

337 — Deux hommes tirant de l'arbalète.
Plume et sépia.

338 — Vénus et Adonis.
Deux dessins plume et sépia.

339 — La Vierge, l'enfant Jésus et saint Jean.
Plume et sépia.

340 — La Visitation.
Plume et sépia.

CANALETTI (ANTOINE CANAL dit)

341 — Maisons avec cour, escalier et terrasses.
Très-beau dessin, plume et encre de Chine.

CARRACHE (ANNIBAL)

342 — Le Christ apparaissant à deux saints personnages.
Plume et sépia rehaussés de blanc sur papier bleu. —
Vente Valardi.

343 — Religieux et religieuses debout.
Plume et encre de Chine.

CARRACHE (LOUIS)

344 — Satyre cueillant des fruits.
Plume et encre de Chine.

CARRACHE (AUGUSTIN)

345 — La Vierge apparaissant à saint François d'Assise.
Plume.

346 — Saint François tenant l'enfant Jésus.
Plume.

347 — Paysage montueux avec tourelle. — Autre paysage
avec maison et tour crénelée.
Deux dessins. — Plume.

CIGNANI (CHARLES)

348 — Une prédication.
Mine de plomb.

CIGRESTI (LIVIAS)

349 — Un ange apparaît à un saint évêque qui tient un encensoir.
> Plume et sépia rehaussés de blanc.

CORTONE (PIERRE DE)

350 — Femmes et enfants sur une terrasse.
> Très-beau dessin. — Plume et sépia rehaussés de blanc.
> — Signé : P. DE CORTONE.

351 — Le bon Samaritain.
> Très-beau dessin. — Plume et sépia rehaussés de blanc.
> — Signé : Pietro DE CORTONE.

352 — La Sainte Famille et le petit saint Jean.
> Joli petit dessin. — Plume et sépia.

CRAYER (GASPARD DE)

353 — Le Christ rédempteur.
> Crayon noir rehaussé de blanc sur papier bleu.

CRÉMONÈSE (CALETTI dit le)

354 — Jeune homme tenant un bâton et portant une épée.
> Beau dessin, plume et sépia.

CUYP (ALBERT)

355 — Animaux au repos.
> Sanguine.

DIETZSCH (JEAN-CHRISTOPHE)

356 — Paysage avec chemin et figures.
> Crayon et encre de Chine. — Signé.

DURER (ALBERT)

357 — Un Tigre.

> Très-beau dessin, aquarelle sur vélin de la plus grande finesse, il porte le monogramme et la date 1521. — Collection Andreosi et vente Daru, 1868.

DUSART (CORNEILLE)

358 — La Femme du barbier.

> Beau dessin à l'encre de Chine. — Signé : CORNELIS DUSART, F., 1694.

359 — Femme en buste.

> Crayon et aquarelle.

360 — Deux têtes d'homme, de profil.

> Deux dessins à l'aquarelle.

DYCK (ANTOINE VAN)

361 — Un Homme et une vieille Femme.

> Plume et sépia.

EVERDINGEN (ALBERT VAN)

362 — Paysage avec chemin montant sur un coteau qui domine la mer.

> Jolie aquarelle, signée A. V. E.

363 — Paysage avec château et tourelles.

> Jolie aquarelle, signée A. V. E.

364 — Marine.

> Petite aquarelle.

FLAMEN (ALBERT)

365 — Paysage avec rivière.

> Crayon noir.

FUESSLI (HENRI)

366 — Paysage boisé, coupé par un cours d'eau.
Aquarelle signée et datée 1781.

GAINSBOROUG (THOMAS)

367 — Paysage avec pont de bois et maisons.
Aquarelle.

GENNARI (CÉSAR)

368 — Cléopâtre.
Sanguine rehaussée de blanc.

GIORDANO (LUCAS)

369 — Bacchanale.
Aquarelle. Imitation de bas-relief en bronze.

GOLTZIUS (HUBERT)

370 — Un homme portant un vêtement garni de fourrure
et tenant ses gants.
Plume.

GOYA Y LUCIENTES (FRANÇOIS)

371 — Se hace Militar.
Crayon noir.

372 — Un danseur tenant un tambour de basque.
Sanguine.

GOYEN (JEAN VAN)

373 — Paysage avec rivière glacée et patineurs.
Très-joli dessin. — Crayon et encre de Chine.

GOYEN (JEAN VAN)

374 — Église au bord d'une rivière, bateaux à voile et ca-
naux avec rameurs.
>Crayon et encre de Chine. — Signé et daté.

375 — Monticule surmonté de constructions en ruine.
>Sanguine et crayon noir.

GUARDI (FRANCESCO)

376 — Vue de Venise, la rive des Schiavoni, la Piazetta,
le palais des Doges, les prisons, etc.
>Plume et sépia.

377 — Paysage-marine avec monuments en ruine sur la
droite.
>Plume et sépia.

378 — Villa coupée par un canal.
>Plume et sépia.

379 — Une église et son clocher.
>Plume et sépia.

380 — Saint Paul hors des murs, à Rome.
>Aquarelle.

GUERCHIN (BARBIERI dit le)

381 — Cléopâtre.
>Plume.

382 — Paysage avec cavalier.
>Plume.

383 — Paysage coupé par une rivière.
>Plume.

384 — Paysage avec cours d'eau sur la gauche.
>Plume.

GUIDE (RENI dit le)

385 — L'enlèvement d'Europe.
Plume et sanguine.

386 — Tête de moine.
Crayon noir et sanguine.

387 — Jeune homme debout tenant un bâton.
Sanguine.

HOEL

388 — Paysages avec monuments en ruine.
Deux belles gouaches.

HOLBEIN (école de)

389 — Portrait d'homme.
Lavé à la sanguine.

HOLLAR (WENCESLAS)

390 — Deux petits amours soutenant des guirlandes de fruits.
Deux dessins, crayon noir.

HONDIUS (ABRAHAM)

391 — Voûtes et monuments en ruine.
Plume et sépia.

HOOGARTH (WILLHEMS)

392 — Un homme donnant à manger à des porcs.
Aquarelle.

393 — Tête d'homme coiffé d'un tricorne.
A l'encre de Chine.

HOOGE (ROMAIN DE)

394 — Réception des ambassadeurs hollandais au Japon.
> Dessin extrêmement curieux. — Plume et encre de Chine.

HOOGSTRATEN (SAMUEL VAN)

395 — Intérieur avec personnages, sujet tiré de l'Histoire Sainte.
> Plume et sépia.

HUYS (PIERRE)

396 — Paysage avec tour et cours d'eau.
> Crayon noir.

HUYSUM (JEAN VAN)

397 — Fruits sur une table de marbre.
> Deux pendants, plume et encre de Chine.

Fleurs dans un vase en terre cuite.
> Aquarelle.

398 — Fleurs dans un vase en terre cuite avec bas-relief.
> Aquarelle.

399 — Paysage avec figures, tombeau et pavillon avec grands escaliers.
> Aquarelle gouachée.

400 — Paysage avec rochers et cours d'eau.
> Plume et encre de Chine. — Signé : J.-V. HUYSUM.

JARDIN (KAREL DU)

401 — Paysage et animaux.
> Plume et sépia.

JARDIN (KAREL DU)

402 — Paysage avec rivière. — Sur le devant, un berger
et quelques moutons.
>Encre de Chine.

JORDANS (JACQUES)

403 — Antoine et Cléopâtre.
>Superbe aquarelle. — Signé : J. JORDANS.

JORISZ (DAVID)

404 — Saint personnage bénissant.
>Plume. — Collection Th. Lawrence et Van Gottlole.

LAAR (PIERRE DE)

405 — Animaux au repos.
>Sanguine.

LIEVENS (JEAN)

406 — Prédication.
>Plume et encre de Chine.

407 — Un saint en prière.
>Plume et sépia.

408 — Maisons couvertes de chaume.
>Plume et sépia.

409 — Paysage coupé par un cours d'eau.
>Plume.

410 — Un village. — Sur le devant, un chien se désaltère
dans un cours d'eau.
>Plume et sépia.

411 — Un bois coupé par un chemin sinueux.
>Plume et sépia.

MABUSE (GOSSAERT dit JEAN DE)

412 — La Fuite en Égypte.
Beau dessin, grisaille gouachée.

MARTIN SCHŒN

413 — Deux anges tenant un ostensoir.
Plume et encre de Chine, rehaussés de blanc sur papier rosé.

MECKENEN (ISRAEL VAN)

414 — Le Christ bénissant.
Plume et encre de Chine.

MENGS (ANTOINE-RAPHAEL)

415 — Élie faisant tomber le feu du ciel.
Sépia rehaussée de blanc. (Gouache.)

416 — Saül jetant la lance contre David.
Encre de Chine rehaussée de blanc (Gouache.)

417 — Lucrèce.
Mine de plomb.

418 — Un ange sur des nuages.
Crayon noir rehaussé de blanc.

MÉRIAN (MARIE-SIBYLLE)

419 — Œillet panaché et autres fleurs.
Trois dessins. — Aquarelle sur vélin d'une extrême finesse.

MEULEN (VAN DER)

420 — Paysage montueux avec villa.
Plume et aquarelle. (Vente Desperret.

MEULEN (van der)

421 — Paysage avec cavaliers traversant un cours d'eau.
Plume et aquarelle.

MEULEN (antoine van der)

422 — Portrait d'homme.
Sanguine.

MIEL (jean)

423 — Cavalier, leurs chevaux et leurs chiens.
Plume et encre de Chine.

MOLYN (pierre)

424 — Le coup de vent.
Délicieux dessin. — Crayon et encre de Chine. — Signé:
P. Molyn, 1655.

MURILLO

425 — La Madeleine en prière.
Encre de Chine rehaussée de blanc sur papier bleu.

426 — Saint personnage en prière.
Sanguine.

NEEFS (pierre)

427 — Intérieur d'église.
Aquarelle.

OMMEGANCK (balthazar-paul)

428 — Paysage et moutons.
Beau dessin encre de Chine et sépia. — Signé du Mono-
gramme. Daté 1783.

ORLEY (BERNARD VAN)

429 — Chasseur et son cheval.
> Plume et encre de Chine.

OSTADE (ADRIEN VAN)

430 — Un homme tenant un pot de bière et un fumeur tenant sa pipe.
> Deux jolis petits dessins à l'aquarelle. — Signés du monogramme.

431 — Un buveur vu de dos.
> Aquarelle.

OTTO VENIUS (VAN VEEN dit)

432 — La Vierge en adoration devant le Christ mort.
> Plume et encre de Chine.

OVENS (JURIAN)

433 — Portrait d'homme à mi-corps.
> Mine de plomb sur vélin.

PADOUAN (LÉONI dit le)

434 — Portrait d'un cardinal et portrait d'homme.
> Deux dessins, crayon noir sur papier bleu.

PALME (JACQUES LE VIEUX)

435 — Saint Joseph.
> Sanguine.

PALME (JACQUES LE JEUNE)

436 — Le Père éternel sur des nuages entouré d'une gloire d'anges.
> Plume et sépia.

437 — Jésus et la Samaritaine.
> Sépia.

PALME (JACQUES)

438 — La Sainte Famille.
Plume.

PARMESAN (MAZZUOLI dit le)

439 — Démons cherchant à séduire une femme.
Beau dessin. — Plume.

440 — Femme endormie.
Plume.

441 — Diane et une Nymphe.
Plume.

PÉRINO DEL VAGA (BUONACORSI dit)

442 — Plusieurs figures d'après différents maîtres.
Sépia rehaussée de blanc sur papier huilé.

443 — La Vierge, l'Enfant Jésus, le petit saint Jean et
sainte Anne.
Plume et sépia.

444 — Une renommée.
Plume.

PERUZZI (BALTHAZAR)

445 — Offrande à Vénus.
Plume.

PIAZZETTA (JEAN-BAPTISTE)

446 — Baptême de l'empereur Constantin.
Mine de plomb et crayon blanc.

POLIDORE DE CARAVAGE (CALDARA dit)

447 — Un Soldat portant un casque et une cuirasse.
Plume et sépia rehaussées de blanc.

448 — Deux Femmes et un Enfant.
Sanguine. — Vente Desperret.

POTTER (PAULUS)

449 — Combat de taureaux, vaches et moutons.
Beau dessin. — Plume et sépia.

450 — Chevaux et Vaches au repos.
Beau dessin. — Plume et sépia.

PRIMATICE (FRANÇOIS)

451 — Un enfant tenant une banderole.
Mine de plomb.

452 — Figures allégoriques, jeune femme tenant une torche.
Plume et sépia rehaussés de blanc. — Collection Dupan.

453 — Un Amour tenant une guirlande de fruits.
Crayon noir.

PROUT (SAMUEL)

454 — La petite porte d'une Église.
Aquarelle.

455 — Plage avec bateau pêcheur.
Sépia.

REMBRANDT (VAN RYN)

456 — Une exécution.
Plume.

457 — Agar dans le désert.
Plume.

458 — L'Ange quittant Tobie.
Plume.

RIBERA (JOSEPH DE)

459 — Saint Jérôme.
Sanguine.

REIDINGER (JEAN-ÉLIE)

460 — Sanglier et ses petits.
Crayon noir et encre de Chine.

461 — Chien dans un cours d'eau poursuivant une oie sauvage.
Encre de Chine.

ROMAIN (PIPPI dit JULES)

462 — Le Christ sortant du tombeau.
Beau dessin. — Plume et sépia. — Gravé.

463 — Apollon et Marsyas.
Beau dessin. — Plume. Gravé.

464 — Cartouche sur lequel est une femme tenant une torche et un aviron.
Plume et sépia. — Gravé.

465 — Combat avec des éléphants.
Plume et sépia. — Gravé.

466 — Paysage avec figures et sujet mythologique.
Plume et sépia. — Gravé.

467 — Trois jeunes femmes ; l'une, assise, paraît être sous la protection de Mercure.
Plume et sépia. Gravé.

468 — Vénus, Jupiter, Mercure et autres dieux de la my-thologie.
Plume et sépia. Gravé,

ROOS DE TIVOLI (PHILIPPE)

469 — Cheval et moutons au repos.
Sanguine. — Collection Mariette.

ROSSO (ROSSO DEL)

470 — La Nativité.
Plume et sépia.

471 — Jeune femme étendue sur un lit.
Sépia. — Collection Valardi.

RUBENS (PIERRE-PAUL)

472 — La charité romaine.
Plume et crayon noir.

473 — Page tenant un perroquet.
Mine de plomb.

RUYSDAEL (JACQUES)

474 — Paysage avec moulin et animaux.
Encre de Chine. — Collection Mourian.

SALVATOR ROSA

475 — Rochers et soldats à l'entrée d'une caverne.
Beau dessin à la sépia.

476 — Paysage montueux et personnage.
Sanguine et sépia.

477 — Un fleuve.
Plume et sépia.

478 — Paysage avec figures et animaux.
Plume et sépia.

SCHALKEN (GODEFROID)

479 — Jeune garçon debout.
Sanguine.

SCHUT (CORNEILLE)

480 — La Vierge, l'enfant Jésus, saint Jean et des anges.
Crayon noir.

SPAENDONCK (GÉRARD VAN)

481 — Fleurs dans une corbeille.
Deux pendants. — Aquarelles.

SPRANGER (BARTHELEMY)

482 — Vénus et l'Amour.
Plume et encre de Chine rehaussés de blanc.

STORK (ABRAHAM)

483 — Port de mer.
Plume et encre de Chine.

THULDEN (THÉODORE VAN)

484 — Satyre poursuivant un Amour.
Plume et sépia.

THIÉPOLO (DOMINIQUE)

485 — Jésus-Christ rendant la vie à un jeune homme que
l'on portait au tombeau.
Superbe dessin. — Plume et sépia. Signé : Dom. TIEPOLO

486 — La mort de Caton.
Plume et sépia.

487 — Un guerrier baise la main d'une femme qui est
accompagnée de ses suivantes.
Plume et sépia.

THIÉPOLO (DOMINIQUE)

488 — La Fuite en Égypte.
Encre de Chine rehaussé de blanc sur papier rose.

489 — L'Adoration des mages.
Plume et sépia rehaussés de blanc.

490 — Deux Orientaux.
Plume et encre de Chine.

TINTORET (ROBUSTI dit le)

491 — Un homme tenant un sabre menace une jeune
femme. — Tête d'homme.
Deux dessins. — Plume.

TITIEN (VECELLI dit)

492 — Hercule domptant le chien Cerbère.
Joli petit dessin à la plume portant les marques des col-
lections de Charles Ier, Lauskring, Sauby, Robinson.
Gottlob.

493 — Paysage avec rochers et arbres au tronc noueux.
Plume.

TOPFFER

494 — Paysage avec figures. — Vue prise au-dessus de
Salanches.
Superbe dessin de l'artiste. — Sépia.

TROOST (CORNEILLE)

495 — Les suites d'un dîner.
Très-beau dessin de l'artiste que l'on a surnommé le
Watteau hollandais. — Plume et encre de Chine. —
Signé : C. TROOST, 1742.

ULFT (JACQUES VAN DER)

496 — Constructions en ruine.
Plume et sépia.

VAN DE VELDE (ADRIEN)

497 — Un bois coupé par un chemin ; sous les arbres un chasseur suivi de son chien et d'un valet qui porte des faucons.
Encre de Chine sur papier bleu rehaussé de blanc. — Collection Robinson.

VAN DE VELDE (GUILLAUME)

498 — Marine avec navires, les voiles déployées.
Encre de Chine.

VEIROTTER

499 — Paysage avec cours d'eau et construction.
Mine de plomb. — Sur la même feuille, des Laveuses, par LE PRINCE. — Sanguine.

VELASQUEZ (DON DIÉGO)

500 — Le diseur de bonne aventure.
Plume et sépia rehaussés de blanc.

VERSCHURING (KENRI)

501 — Paysage avec voyageur et chevaux.
Encre de Chine. — Signé : H. V. S. F.

502 — Halte devant une hôtellerie.
Plume et encre de Chine.

VISSCHER (CORNEILLE de)

503 — Tête de jeune garçon.
Mine de plomb sur vélin.

504 — Tête d'homme à barbe.
Crayon noir sur vélin.

WEIROTTER (FRANÇOIS-EDMOND)

505 — Cabanes couvertes de chaume.
Sanguine.

506 — Constructions en planche sur la lisière d'un bois.
Crayon noir et sépia.

507 — Paysage et marine.
Deux dessins sur papier préparé rehaussés de blanc.

WELL (ARNOLD VAN)

508 — Canal glacé avec patineurs.
Sanguine, plume et encre de Chine.

WEYDEN (ROGER VAN DER)

509 — La flagellation.
Feuille de manuscrit sur vélin, de la plus grande finesse et de la plus parfaite conservation.

WIERIX

510 — Jésus-Christ et la Vierge dans une gloire d'anges.
Aquarelle.

VISSCHER (CORNELIS)

511 — Portrait d'homme vu jusqu'à la ceinture.
Signé : C. Visscher, f. 1652. — Crayon noir.

WOHLGEMUTH (MICHEL)

512 — Une négresse.
Plume.

WOUVERMAN (PHILIPPE)

513 — Chevaux à l'abreuvoir.
Encre de Chine.

514 — Cheval à l'écurie.
Crayon et encre de Chine.

515 — Cavalier et nègre tenant un chien.
Esquisse sur papier huilé.

516 — Cheval attelé à un traîneau.
Trait à la sanguine.

ZUCCARO (FRÉDÉRIC)

517 — Deux anges au pied d'une statue de saint Romain.
Sépia rehaussée de blanc sur papier bleu. — Signé :
F. Zuccaro.

518 — Jeune femme assise devant un masque.
Crayon noir et sanguine.

HALS (FRANZS)

519 — Portrait d'homme.
Beau dessin, plume et encre de Chine.

HELST (VAN DER)

520 — Plusieurs personnages assis autour d'une table.
Beau dessin. plume et sépia.

SARRAZIN

521 — Études d'après l'écorché, de Houdon, et une tête
de mort.
Deux dessins d'une extrême finesse. Signés : SARRAZIN,
1813. — Crayon noir et blanc.

REMBRANDT (VAN RYN)

522 — Deux personnages debout.
Beau dessin , plume; collection John Somerl et
Reynolds.

RUYSDAEL (SALOMON)

523 — Paysage avec cours d'eau et maisons sur la droite.
Beau dessin, plume et encre de Chine.

WERF (ADRIEN VAN DER)

524 — Enfants jouant et tenant des fruits.
Sanguine.

525 — Sous ce numéro seront vendus environ 50 dessins
non catalogués.